RIMBAUD EN FEU

ACTES SUD – PAPIERS
Éditorial : Claire David

Également disponible en livre numérique

ISBN 978-2-330-14556-9

RIMBAUD EN FEU

Jean-Michel Djian

AU SINGULIER

La vérité est si obscurcie en ces temps et le mensonge si bien établi, qu'à moins d'aimer la vérité, on ne saurait la reconnaître.

PASCAL, *Pensées*.

AVANT-PROPOS

J'ai avant tout imaginé ce texte pour mon ami Jean-Pierre Darroussin que je considère comme un acteur hors du commun. Mais je l'ai aussi écrit pour rallier, en pleine pandémie, le panache de Rimbaud, histoire d'extirper de ce réel flottant le génie extravagant du *voyant*. Arthur est venu à ma rescousse. Il a, sans prévenir, transformé mes états d'âme en terrain vague, et j'ai pu jouer à me faire peur. Les mots ont rappliqué, foutraques, exactement comme le cerveau les aime quand ils tournoient gaiement au-dessus d'une tête. Ils se sont mis alors à faire un piqué, à s'emberlificoter, puis à s'embrouiller avant de rentrer dans le rang.

L'amitié joyeuse de l'auteur et de l'acteur fera le reste : propulser sans masque ce qu'un poète éternel sait faire de mieux, parler à notre place.

JEAN-MICHEL DJIAN

L'Éternité

Elle est retrouvée.
Quoi ? – L'Éternité.
C'est la mer allée
Avec le soleil

Âme sentinelle,
Murmurons l'aveu
De la nuit si nulle.
Et du jour en feu.

Des humains suffrages
Des communs élans
Là tu te dégages
Et voles selon.

Puisque de vous seules,
Braises de satin,
Le Devoir s'exhale
Sans qu'on dise : enfin.

Là pas d'espérance,
Nul orietur,
Science avec patience,
Le supplice est sûr.

Elle est retrouvée
Quoi ? – L'Éternité.
C'est la mer allée
Avec le soleil

Mai 1872

— 1 —

Une chambre à l'hôpital psychiatrique de Charleville. Un lit, une armoire remplie de livres, un fauteuil, une bouteille d'absinthe, un verre, une pile de journaux, une pipe et du tabac.
*Arthur est immobile. Son corps semble habité au seul énoncé des premiers vers d'*Une saison en enfer.

Jadis, si je me souviens bien, ma vie était un festin où s'ouvraient tous les cœurs, où tous les vins coulaient.
Un soir, j'ai assis la Beauté sur mes genoux. – Et je l'ai trouvée amère. – Et je l'ai injuriée.
Je me suis armé contre la justice.
Je me suis enfui. Ô sorcières, ô misère, ô haine, c'est à vous que mon trésor a été confié !
Je parvins à faire s'évanouir dans mon esprit toute l'espérance humaine. Sur toute joie pour l'étrangler j'ai fait le bond sourd de la bête féroce.
J'ai appelé les bourreaux pour, en périssant, mordre la crosse de leurs fusils. J'ai appelé les

fléaux, pour m'étouffer avec le sable, le sang. Le malheur a été mon dieu. Je me suis allongé dans la boue. Je me suis séché à l'air du crime. Et j'ai joué de bons tours à la folie.
Et le printemps m'a apporté l'affreux rire de l'idiot[1].

Arthur se met alors à rire comme un idiot. Il s'arrête instantanément quand un haut-parleur grésillant retentit dans le couloir. On entend une voix caverneuse dire : "Au lit, je répète, au lit."
*Il se dirige, hagard, vers son lit, cherche en dessous du matelas une fiole d'absinthe, la trouve, laborieusement, puis va s'asseoir dans le fauteuil, reprend une édition d'*Une saison en enfer *réduite en lambeaux d'avoir été mille fois triturée. Il marmonne, laisse tomber le livre, puis déplie en grand* Le Figaro. *On découvre en lettres capitales sur quatre colonnes à la une : "La folie revue et corrigée par André Breton, auteur du* Manifeste du surréalisme*". Lui, la tête cachée derrière le journal, se met à rire de nouveau comme un idiot.*
Pas sûr qu'ici, chez les dingues, en plus à Charleville, ils réalisent bien qui est cet illuminé de Breton, mais bon…
Il lit à voix haute des extraits du Manifeste.
"Sade est surréaliste dans le sadisme. Chateaubriand est surréaliste dans l'exotisme. Baudelaire dans la morale. Jarry dans l'absinthe. Hugo quand il n'est pas bête." Tiens, il me cite : "Rimbaud est surréaliste dans la pratique de la vie et ailleurs[2]."
Le visage d'Arthur est dubitatif. Un temps. Il laisse tomber le journal et se lève.

Ils m'ont tout volé. Mes mots, ma folie, mon sang. Ça fait trente-trois ans qu'ils me croient mort, tiens, l'âge du Christ en croix. Moi, Arthur, en ce 10 mars 1924[3], j'ai donc 37 + 33 = 70 ans… Quelle affaire quand j'y pense ! Ah, ce 10 novembre 1891… Je m'en souviens très bien : c'était vers minuit, j'ai pris ce qu'il me restait de jambes, j'ai pris la tangente, quoi. J'étais un oiseau sans ailes, mais un oiseau…

> J'ai vu des archipels sidéraux ! et des îles
> Dont les cieux délirants sont ouverts au vogueur :
> – Est-ce en ces nuits sans fond que tu dors et
> t'exiles,
> Million d'oiseaux d'or, ô future Vigueur[4] ? –

C'est mon premier bon tour à la folie. Tout le monde à Marseille pensait que j'avais rejoint le bon Dieu !
Ma sœur Isabelle a été chouette : au petit matin, elle a dit aux infirmiers de l'hôpital de la Conception que j'avais quitté la chambre pendant mon sommeil, si bien qu'aux yeux des docteurs, je suis passé pour un aliéné, un drôle d'oiseau, quoi. Ça les arrangeait, il n'y avait plus assez de places, plus de morphine dans les armoires, et les brancards occupaient tous les couloirs. En fait, je me suis carapaté vite fait rejoindre Verlaine pour lui demander des comptes.
C'est vrai, j'étais vidé, mon genou saignait, je braillais sans arrêt.
Je n'en avais pas fini avec la folie… mais elle prenait une forme radieuse, hallucinée, presque

prophétique, ma folie. Je me souviens encore avoir touché du doigt le mystère. Comme je n'étais pas très connu de mon vivant, j'ai pu filer en douce, rêvant comme d'habitude de Zanzibar. C'est drôle, tout le monde à Marseille s'était mis à en parler de Zanzibar. La veille de mon départ nocturne, les Italiens avaient décidé de soudoyer son roi pour récupérer l'île. Ça a marché.
Et maintenant, je suis là, chez moi, à Charleville, dans cet hôpital qui me ravit.
Il va prendre une pipe qu'il bourre avec un tabac "4th Generation".
Oui, je voulais d'abord retrouver mon Verlaine et m'expliquer une bonne fois pour toutes avec lui. Quand même… Pendant que j'étais en train de me faire escroquer avec mes fusils et mon café dans la Corne de l'Afrique, j'apprends qu'il a publié en douce mes *Illuminations.* Ce n'est pas faute de lui avoir braillé dans les oreilles que je ne voulais plus entendre parler de ma poésie ! Elle n'a pas changé le monde ma poésie, hein ? Ça se saurait, non ? Tous ces curés, ces bourgeois, ces artistes endimanchés qui continuent de se récurer la cervelle avec mes vers ; ceux de Hugo, Baudelaire, même ceux du petit Lautréamont, franchement, à quoi ça sert ?
"L'art est une sottise."
Je plains ce pauvre Breton qui se défonce avec des mots. Mais qu'est-ce qu'il croit le bougre ? Qu'il va aussi changer le monde en rameutant tous les dingues ? Dix-neuf millions d'innocents sous terre depuis la Grande Guerre, il y a dix ans déjà, vous

entendez : dix-neuf millions ont été jetés aux vers dans des cimetières et, aujourd'hui, il faudrait faire comme si, comme si la folie des mots pouvait redonner vie à la vie ? Putain de guerres, putain de militaires. Franchement, j'ai les nerfs. Un jour, vous verrez des rêveurs de paix, de peuples émancipés, d'amours effrénées, des fanatiques d'égalité et de liberté qui crieront "L'imagination au pouvoir !", juste pour se donner un genre humain, chanter à leur aise *L'Internationale* et ringardiser *La Marseillaise.* Le sang impur des ambitieux ne fera qu'un tour, et tout repartira comme en quatorze. La République a du souci à se faire. Ah oui, il a raison le Dédé Breton, c'est surréaliste.

Il se dirige vers la fenêtre pour regarder à travers les vitres, qui donnent sur un parc.

Ah putain, que je suis bien ici, cloîtré dans ma moelle épinière, spectateur du monde d'hier, voyeur du monde d'après.

Depuis que "j'ai assis la Beauté sur mes genoux", j'ai compris que rien, rien sur cette putain de terre ne pouvait tenir debout normalement. Depuis cette boucherie à ciel ouvert dans mes Ardennes, j'ai moi-même numéroté mes abattis, on ne sait jamais. AR, pas Arthur Rimbaud mais "aller-retour", plus simple quand on ne sait ni d'où l'on vient ni où l'on va. AR1, AR2, AR3… des tas de chiffres pour semer le doute, le désordre et… les emmerdeurs. Et, au fond, j'ai bien fait : je me sens mieux "sans semelles et sans vent". Je ne regrette plus rien de cette "Europe aux anciens parapets" : je me suis fait voyant. Ma tête a vrillé. *Une saison*

en enfer ? J'ai vraiment pensé que j'en étais l'auteur. En tout cas, dans le doute, j'y ai cru.
Là, ça s'est gâté.

— 2 —

Des bruits de pas montent en puissance dans le couloir.
Merde, v'là l'infirmier…
Arrêtez d'aller tous les jours inspecter ma chambre à la même heure, Infirmier, c'est fatigant. Oui, j'ai compris, vous faites votre boulot, mais le coup de la fiole d'absinthe retrouvée sous mon matelas, franchement, c'est pas sympa. C'est un remontant, je vous dis ! Cela dit, vous m'avez étonné. Comment saviez-vous qu'Alfred Jarry adorait l'absinthe ? En tout cas, il a bon goût le pataphysicien.
Arthur sort de ses gonds.
Arrêtez de me dire que ce n'est pas bon pour ce que j'ai ! Qu'en savez-vous ? Vous n'êtes pas médecin, vous êtes infirmier psychiatrique, c'est pas pareil, et en province de surcroît. Je vous rappelle que, depuis l'Antiquité, l'absinthe est un vermifuge reconnu… et il se trouve que j'ai des vers ! Ça vous fait rire. Non, non et non, je vous le redis : elle ne contient pas de sulfate de zinc mon absinthe, non ! Elle est bio.
Il se calme soudainement.
Je vais vous en raconter une bonne, Monsieur l'Infirmier. Il y a une dizaine d'années, c'était en 1901 je crois, l'usine Pernod, dans le Jura, a pris feu. Un

employé de l'usine de Pontarlier décide alors de vider toutes les cuves d'absinthe dans la rivière pour éviter qu'elles n'explosent. La garnison du coin apprend la nouvelle et, sous couvert d'aller filer un coup de main aux pompiers, voilà les soldats en train de siroter le breuvage directement sous les cuves. D'autres, pour ne pas en perdre une goutte, remplissaient leurs casques ou se jetaient dans la Loue, cette rivière poissonneuse qui mit Gustave Courbet en transe. Bref, un vrai bordel. Soixante-cinq degrés d'alcool pur, tout de même. Néanmoins, Monsieur Alfred, grâce à ce premier accident industriel du XXe siècle, il a fallu se mettre à nettoyer la rivière, traiter l'eau, créer des dérivations. Résultat : l'hydrologie est née, là, dans le Jura. C'est beau la science qui surgit, un esprit qui s'éclaire d'un coup, non ? En tout cas, tant qu'à boire de l'absinthe, mieux vaut en prendre de la bonne. Là-dessus, faites-moi confiance, Verlaine et notre pote Germain Nouveau savaient y faire avant que je m'y mette. Ils avaient quelques hectolitres au compteur, croyez-moi.
Bon, dites-moi “Môsieur” l'Infirmier, il paraît que notre généreuse institution ne cesse d'accueillir de nouveaux pensionnaires, c'est vrai, ça ? Deux nouveaux par semaine : dans un an, nous serons au total plus de quatre-vingt-sept, personnel compris bien entendu.
Ah les fous, c'est bien simple, on ne veut plus les voir dehors, alors on les cache dedans, et à double tour. Plus de ponts, que des murs. Des fois, je me dis pourtant que nous serions peut-être plus utiles à l'extérieur qu'à l'intérieur. Mais bon. D'ailleurs,

je le vois à vos yeux : vous vous demandez souvent, à haute voix, là, quand vous cherchez sous le matelas, ce qui me distingue des autres…

Arthur change de voix, fait mine d'être affairé et imite l'infirmier.

Eh bien vous, Monsieur Arthur, vous avez l'air normal, je veux dire, vous parlez très bien, vous dites bonjour, vous mangez proprement. Bon, c'est vrai, des fois vous êtes un peu taciturne, nerveux, grognon, mais je ne trouve pas que vous soyez vraiment fou. Vous l'avez sûrement été mais, pour moi, vous n'êtes pas fou. Voyez ce que je veux dire ? Sauf peut-être quand vous déclamez vos poèmes au mitan de l'hiver, sur le coup de minuit, en ouvrant grand la fenêtre. Parfois, c'est difficile pour les autres pensionnaires, vous savez, même pour le quartier, car votre voix porte, voyez ce que je veux dire ? Mais bon, une petite piqûre dans la fesse droite, et on oublie.

Arthur reprend sa voix.

À vrai dire, quand je déclame, comme vous dites, j'ai toujours le sentiment de faire le bien. Seulement le bien. Je puise profond dans mon cerveau. *(Il met ses deux index sur ses deux tempes et les enfonce.)* J'agite mes mots, juste là, pour qu'ils chauffent. À l'intérieur, là *(il prend sa tête entre ses mains)*, je les entends bourdonner comme si la reine des abeilles était entrée dans mes oreilles, ça claque de partout, saillies et rimes se poussent du col comme des malades, et paf, ça part… Ce n'est pas toujours simple parce que, voyez, il me faut grimper sur le rebord de cette fenêtre, me pencher. Je dois, voyez, offrir la meilleure position à mon bedon, à mon poitrail tout plein de poils. Il faut que mes poumons trépignent, se sentent fébriles, il faut que ma voix gicle, jaillisse, pète un coup. C'est un métier, poète, vous savez… Je comprends que vous vous inquiétiez un peu, mais si je suis pensionnaire ici, c'est bien que je suis un peu fou, non ? Comment ça, "Certes" ?

Arthur est estomaqué par sa réponse.

Et puis, je vais vous dire, Monsieur l'Infirmier, je m'appelle Arthur tout de même. Quand je vois, trente-trois ans après ma mort, quand je vois comment j'ai pu ressusciter si vite dans la tête de mes semblables, je me dis, au fond, que ma poésie continue de les rincer. D'ailleurs, tapez donc dans une poubelle à la sortie d'un théâtre ou d'une librairie, et vous allez voir tous ces rimbaldolâtres qui en sortent. Y en a même qui veulent me panthéoniser ! Les dingues. Ils ne m'ont pas lu ou quoi ? Les voilà tous en train de s'accrocher à mes vers comme des asticots sur un morceau de barbaque, persuadés qu'ils vont bouffer du lion tout le restant de leur vie. Je ne voudrais pas m'en vanter, mon bon monsieur – car vous savez que je n'en pense pas que du bien de mes poèmes – mais les bruits de casseroles que trimbale "Le Bateau ivre" en disent plus long à mes oreilles que tous les mots du dictionnaire à mes yeux. Vingt-cinq quatrains d'alexandrins à rimes croisées pour célébrer mon mal de vivre à coups de métaphores fluviales, de fientes d'oiseaux clabaudeurs, de lunules électriques, d'hippocampes noirs et de morves d'azur, franchement, c'est peut-être beau, sublime même, mais c'est désespérant, vous ne trouvez pas ?

> Or, moi, bateau perdu sous les cheveux des anses,
> Jeté par l'ouragan dans l'éther sans oiseau
> Moi dont les Monitors et les voiliers des Hanses
> N'auraient pas repêché la carcasse ivre d'eau[1] ;

Mais pourquoi ces braves gens me prennent pour un génie ? Je vais vous le dire : parce que ce n'est pas moi qui parle, c'est mon âme, pardi ! Voilà tout. Quand mes lecteurs la rencontrent au détour d'une rime, ils croient que c'est la leur ! Mais non, mes vers, ce sont des leurres, des collets pour attraper des bouts de cerveaux ratatinés…

Il s'affale dans son fauteuil et lampe un verre d'absinthe.

Je ne sais pas pourquoi je vous raconte tout ça mais, vous savez, depuis que des gens importants, des ministres, des curés, des médecins, des militaires en tenue ou des maîtres d'école de gris vêtus nous emberlificotent avec des mots bien beaux, bien propres et bien cintrés, je n'arrive plus très bien à distinguer leurs âmes, et parfois, je vais vous dire, je doute même qu'ils en aient.

Le haut-parleur retentit. C'est un bruit de sirène. Arthur se bouche les oreilles. La sirène s'arrête. Il se débouche les oreilles.

Vous êtes parti, Monsieur l'Infirmier ?

Tandis qu'il court vers la porte pour vérifier, Arthur s'en retourne sans un mot vers la fenêtre, l'ouvre et regarde le parc en rigolant comme un idiot.

Arthur est devant un bol de soupe en train de lire Le Figaro *à haute voix, caché derrière ses pages. On y découvre à la une trois colonnes consacrées au* Manifeste du surréalisme.

Surréaliste cette année 1924… Lénine, cinquante-trois ans, Kafka, quarante ans, meurent à six mois d'intervalle. Quarante ans, c'est jeune tout de même pour un type qui n'avait pas terminé le boulot. Quelque chose me dit qu'il va faire comme moi, demander à un Verlaine quelconque de tout brûler avant que les belles âmes de la littérature ne viennent se goinfrer de son génie. Je m'y retrouve dans sa prose. Il a fait avec des mots ce qu'il fallait pour soulever le couvercle de la bêtise, une vraie boîte de Pandore son cerveau. Chapeau bas.

Quant au révolutionnaire ahuri de la Grande Russie, je regrette seulement de ne pas lui avoir envoyé à temps mon "Sonnet du trou du cul[1]". Il aurait vu où se niche la vraie révolution.

Il tourne les pages et s'arrête sur un très long article consacré à Michaux.

Ah Michaux ! Hen-ri Mi-chaux ! Il me plaît ce Belge. Tout d'un bloc, reniant ses textes. Tout comme moi. Il n'a que vingt-cinq ans, il dit qu'il est peintre, comme moi je suis photographe. *(Il pousse un rire.)* Patience, il va en chier. *(Arthur pose alors le journal sur ses genoux.)* J'ai adoré quand la semaine dernière il a répondu *niet* à un journaliste. *Niet !* On voulait une photo de lui. Vous savez ce qu'il lui a répondu au journaliste ? "Le mieux que je puisse vous offrir, c'est une radio des poumons et un agrandissement de mon nombril. Rassurez-vous, le cordon ne pend plus, on l'a coupé en temps voulu." Une vraie brute de la poésie ce Michaux. *(Arthur regarde au plafond comme s'il cherchait quelque chose.)* Qu'a-t-il déjà écrit qui frappe comme une claque ? Ah oui ! "Comment écrire sans être écrivain[2] ?" Ça m'a plu. Et puis cette fessée cul nu à Boileau, quel spectacle ! Excellent !

> Un homme qui n'aurait que son pet pour s'exprimer…
> pas de rire
> pas d'ordure
> pas de turlururu
> et pas se relire surtout Messieurs les écrivains
> Ah ! que je te hais Boileau
> Boiteux, Boignetière, Boiloux, Boigermain,
> Boirops, Boitel, Boivéry,
> Boicamille
> Boit de travers
> Bois ça[3].

Arthur rit de nouveau comme un idiot. Soudain, on entend une voix presque métallique. C'est celle de Verlaine qui récite le "Sonnet du trou du cul". Arthur est pétrifié. Il cherche partout d'où ça vient.

> Obscur et froncé comme un œillet violet
> Il respire, humblement tapi parmi la mousse

Humide encor d'amour qui suit la fuite douce
Des Fesses blanches jusqu'au cœur de son ourlet.

Oui, je sais, je l'ai pas écrit tout seul ce sonnet, je l'ai écrit avec toi, mon Verlaine. Je m'en souviens bien. On était à Douai, complètement bourrés, et on l'a torché à quatre mains ce "trou du cul". C'était en 1871, je crois...
Il cherche dans sa mémoire un autre bout du poème, puis hésite.

Mon âme, du coït matériel jalouse,
En fit son larmier et son nid de sanglots.
C'est l'olive pâmée, et la flûte câline,
C'est le tube où descend la céleste praline :
Chanaan féminin dans les moiteurs enclos !

Ça sent la rinçure à plein nez. *(Il rit.)* Je m'en souviens maintenant, oui, c'était pour se foutre de la gueule de ce pauvre parnassien d'Albert Mérat. Une sorte de Boileau de basses eaux. On n'avait pas tort, ses vers sont retournés en poussière aussi vite que son corps. Paix à son âme alors.
Verlaine et moi étions fous dingues l'un de l'autre à ce moment-là. Les culs bénis de la Haute n'avaient pas encore fini de nous inspirer. Le bon temps, quoi.
Arthur devient taciturne, comme ébranlé. Il semble verser une larme et sa gorge est nouée, les mains posées sur son visage. Il boit un verre d'absinthe.
La "Saison" me remonte au cerveau, comme si j'étais en train de me prendre au ralenti une balle dans la tête. Rien à voir avec ce sentiment de mort

imminente, mais une étrange impression de fermenter la conscience extralucide d'un voyant. C'est mon âme que je vois. L'univers se détache de la Terre pour la laisser seule, exactement comme un astronaute en apesanteur l'observe de sa capsule orbitale. Quelque chose se dessine qui prend la forme la plus aboutie d'un cerveau débarrassé de sa carcasse. Il s'en échappe une forme blanche, mi-solide mi-liquide, qui me fait penser à du thé Mariage en train d'infuser dans son nuage de lait concentré Nestlé. Putain d'âme.

> Le chant raisonnable des anges s'élève du navire sauveur : c'est l'amour divin. – Deux amours ! je puis mourir de l'amour terrestre, mourir de dévouement. J'ai laissé des âmes dont la peine s'accroîtra de mon départ ! Vous me choisissez parmi les naufragés ; ceux qui restent sont-ils pas mes amis ?
> Sauvez-les[4] !

*Pour se rassurer, il ouvre en grand les deux battants des portes de l'armoire. Sur les étagères, des livres. Il y attrape son exemplaire trituré d'*Une saison en enfer *qu'il embrasse comme un enfant. Arthur a froid, il bat ses deux bras contre son corps pour se réchauffer puis crie :*
Je suis un voleur de feu.
Arthur laisse tomber violemment le livre, regarde un rayon de soleil qui darde le plancher puis se met à déclamer "Les Effarés", sourire en coin.

Noirs dans la neige et dans la brume,
Au grand soupirail qui s'allume,
Leurs culs en rond,

À genoux, cinq petits – misère ! –
Regardent le boulanger faire
Le lourd pain blond…

Ils voient le fort bras blanc qui tourne
La pâte grise, et qui l'enfourne
Dans un trou clair.

Ils écoutent le bon pain cuire.
Le boulanger au grand sourire
Chante un vieil air.

Ils sont blottis, pas un ne bouge,
Au souffle du soupirail rouge,
Chaud comme un sein.

Et quand pendant que minuit sonne,
Façonné, pétillant et jaune,
On sort le pain,

Quand, sous les poutres enfumées,
Chantent les croûtes parfumées,
Et les grillons ;

Que ce trou chaud souffle la vie ;
Ils ont leur âme si ravie
Sous leurs haillons,

Ils se ressentent si bien vivre,
Les pauvres petits pleins de givre !
– Qu'ils sont là, tous,

Collant leurs petits museaux roses
Au grillage, chantant des choses,
Entre les trous,

Mais bien bas, – comme une prière…
Repliés vers cette lumière
Du ciel rouvert,

– Si fort, qu'ils crèvent leur culotte,
– Et que leur lange blanc tremblote
Au vent d'hiver…

Il s'assoit et sourit. Il semble apaisé.
C'est comme de boire un verre de vin ou d'absinthe, ça fait du bien. Dès que les braises se ravivent dans mon cerveau et l'éreintent, au lieu de boire, je récite mes "Effarés", tout beaux. J'ai l'impression de respirer les regards hallucinés des gamins du fond de mon four à pain. Mon âme ruisselle, chaude elle est, voluptueuse. Merde, on dirait du Baudelaire…

Là, tout n'est qu'ordre et beauté.
Luxe, calme et volupté[5].

Mais ça me calme, oui, ça me calme…
Il se reprend physiquement et monte la voix.
Vous êtes là Monsieur Alfred, vous êtes là ?

Le haut-parleur grésille.
C'est doux, c'est bien ça que je viens d'entendre, hein ? Waouh, ça change, hein ? Bon, en fin d'après-midi, j'imagine que vous allez m'apporter ma camisole de force. Je sens mon "Oraison du soir" qui se réveille de mes profondeurs. En tout cas, une petite brioche toute chaude et moelleuse pour mon "quatre heures", je ne dis pas non. Ils m'aiment bien dans les cuisines, vous savez…

> […] quand j'ai ravalé mes Rêves avec soin,
> Je me tourne, ayant bu trente ou quarante chopes,
> Et me recueille, pour lâcher l'âcre besoin :
>
> Doux comme le Seigneur du cèdre et des hysopes,
> Je pisse vers les cieux bruns, très haut et très loin,
> – Avec l'assentiment des grands héliotropes[6].

— 4 —

Arthur est allongé sur son lit, les bras sous la tête, en train de regarder le plafond.
C'est un bon gars, Alfred, franchement. Un peu intrusif mais bon, il est un peu fou lui aussi. Mais du bon côté, enfin il le croit. Je ne sais pas pourquoi, mais dès que je lui parle de surréalisme ou de poésie, son esprit se calcine. Instantanément. Comme brûlé par l'acide. Pschitt. Ses yeux sortent des orbites, il bégaie, puis pouf il se tait. Du coup,

je fais attention avant de lui parler de mes *Illuminations.*
Arthur se lève pour aller chercher un chandail et récupérer un ouvrage dans son armoire. Il en choisit un et s'assoit dans son fauteuil.
L'autre jour, j'avais des états d'âme particulièrement pénibles et douloureux, vous savez ce qu'il me dit mon infirmier ? "J'ai l'habitude, vous savez. Ici, il n'y a que des états d'âme, comme vous dites." Je lui réponds : "Non, détrompez-vous mon ami, l'âme c'est très complexe, et son état plus encore." Du coup, j'enfonce le clou : "Savez-vous qu'elle pèse vingt et un grammes ? – Comment ça, elle pèse vingt et un grammes ?" Je tente alors une explication, mais je fais très attention : trop peur que son esprit infirmier se calcine à nouveau.
"Dès que la mélancolie vous guette, lui dis-je, qu'une contrariété vient vous miner le moral, hop vous avez des états d'âme. Mais qu'en sait-on ? Rien. En réalité, je vais vous le dire, moi, le maudit poète sourire en coin : c'est l'âme qui vous possède. Et je peux vous prouver scientifiquement, cher ami, que tout ça n'a pas grand-chose à voir avec le moral, mais au fait que votre corps est tout simplement de trop, qu'il est, pour être précis, *hic et nunc*, superflu."
Arthur se lève, retire sa montre gousset de sa poche, la regarde.
C'est bizarre on dirait que le temps s'est arrêté.
Puis, il la remet dans sa poche, fait la moue et continue son propos.

"Vous savez, cher ami, que l'âme est la cause première du mouvement vital chez les vivants ? Ce n'est pas moi qui le dis, c'est Aristote. Il a raison le Grec antique, s'il y a mouvement, il y a énergie. Et s'il existe de l'énergie, il y a nécessairement production d'un travail électromagnétique ou calorifère qui tend à modifier un état. Qu'alors y faire ? *(Il rit d'un coup sec.)* Eh bien constater l'évidence : l'âme a une certaine consistance, voilà tout. Elle est certes invisible, évanescente, impalpable, elle est aérienne, mais elle a une consistance. Ma thèse est simple : lorsque vous avez soi-disant des « états d'âme », c'est votre énergie vitale qui se carapate. Oui, elle se carapate, c'est le mot. Elle fuit votre corps pour aller je ne sais où recharger ses accus, reprendre des forces et en profiter pour vous donner un coup de pied au cul. D'ailleurs, mon père, le peu que je l'ai vu, me disait toujours : « On s'habitue à tout, même aux coups de pied au cul. » En attendant, où va-t-elle cette énergie vitale ? Je vous le demande, cher ami. Dans le cosmos, pardi. Là où l'âme retrouve son mystère, son état premier, dans le silence astral de la nuit. Là, on lui fout la paix.

Je vous entends déjà me dire : « Mais comment pouvez-vous affirmer, Monsieur Arthur, qu'elle pèse vingt et un grammes ? » Bonne question ! Je vais vous répondre, impatient que vous êtes."

Il reprend sa montre gousset et constate, étonné, que l'heure n'a pas varié. Il reprend.

"C'était en 1907 je crois, un certain Duncan MacDougall, médecin légiste de son état, a effectué au

Texas une série de pesées sur six humains d'abord moribonds puis décédés : vingt et un grammes de différence, très précisément. Il reconduit l'expérience sur quinze chiens et chats et constate que leur poids, agonisants puis trépassés, est le même. Il en déduit que seul l'homme a une âme. Implacable.
Quand le médecin américain développe sa trouvaille lors d'un congrès de gériatrie à Genève, quelques semaines plus tard, il impressionne ses confrères : MacDougall sort chiffres et graphiques, convoque l'analyse des dissections anatomiques de Léonard de Vinci, glose lui-même sur les commentaires affligés du pape Pie X puis, haut et fort, conclut avec fermeté, de sa voix sûre et apaisante : « L'âme existe, elle a une masse de vingt et un grammes. » Vous dire ma stupéfaction est une litote. J'étais totalement dépourvu. Je dois vous dire, entre nous, car je ne l'ai pas encore dit, ici, aux docteurs *(il regarde à gauche et à droite)*, c'est à partir de cet automne 1907 que j'ai vraiment commencé à dérailler…" D'un seul coup, et alors qu'il commençait à se taire, Monsieur Alfred me dit : "Alors là, je veux bien vous croire."
Arthur est sidéré et de suite très fébrile. Il va chercher sa pipe et son tabac.
Mais, mais… 1907, c'est l'année où la *mother is dead* ! Août, oui… oui, c'était le 1er août, le mois même où Duncan MacDougall fait sa trouvaille. Ça, c'est très troublant tout de même… Pas sûr qu'elle pesait vingt et un grammes son âme à la *mother*, ça se serait vu de son vivant j'vous dis ! La

mère rimb', qu'il l'appelait mon Paul. Il l'aimait pas, ça, c'est sûr, une vraie méchante.
Quand je pense qu'elle est allée injurier mon prof à la sortie du lycée pour m'avoir fait lire *Les Misérables* ; qu'il a fallu que Verlaine lui dise que j'avais tenté de me suicider pour qu'elle fasse dégouliner sur mon crâne tout le jus de son infâme morale paroissiale. Ton perché d'Arthur, le doigt en l'air menaçant : "Non, ce n'est pas bien Arthur, ça se fait pas, c'est pas bien, c'est pas bien."
Aïe, aïe, aïe… La pauvre, j'ai dû embarquer toute son âme par mégarde quand je suis sorti de son ventre à la *mother*. Du coup, j'en ai de trop.
Arthur se tait.
Mon âme à moi m'habite à plein temps, je lui parle, je la provoque, je la caresse. Ici, dans ma chambre, elle est chez elle, surtout depuis que j'ai découvert les *Exercices spirituels* de saint Ignace de Loyola, là, sur l'étagère du haut, dans l'armoire. Vous savez, c'est ce jésuite qui, au XVIe siècle, a fondé la Compagnie de Jésus. Avec lui, c'est le pompon. Un vrai trésor de guerre pour courroucer les athées, un feu d'artifice pour ruiner le progrès ; un vademecum pour échapper aux affres de la contingence. Que dis-je, une bouffée d'oxygène pour embraser d'un coup les braises encore tièdes de nos âmes défaites.
Je l'ai dit et le répète : "Il faut être absolument moderne !" Mais pas en se parant des étoffes de l'industrie, en se goinfrant du crédit luxuriant des banques. Encore moins en priant le bon Dieu à tout bout de champ !

Il monte d'un ton, énervé.
Non, on est moderne quand la mort se dispense de faire la leçon au vivant ; quand elle arrête de caracoler en tête des festivités : le dimanche à la messe, dans les cimetières où renardent partout des chrysanthèmes fanés, à chaque repas quand il faut signer de sa main une croix sur son visage. C'était ça, Charleville, c'était ça ma mère quand j'avais quinze ans. Ça grenouillait de gens qui voulaient périr le crucifix sur la poitrine, voire en trimbaler un dans la main gauche en allant se confesser tous les jours de la semaine. J'en pouvais plus, je suis parti. Oui, je vous le dis, pour être absolument moderne il faut mépriser la mort qui rôde, créer de la vie de tout son soûl.
Arthur se lève de son fauteuil. Il ouvre les Exercices spirituels *à la page où il les avait laissés. Puis, les yeux au plancher, il se met à lire en marchant d'un pas décidé, tout autour de sa chambre, de plus en plus vite.*

> Que chacun sache qu'il avancera dans les choses spirituelles à proportion qu'il se dépouillera de son amour-propre, et de son propre intérêt [...]. Car ce n'est pas l'abondance de la science qui rassasie l'âme et la satisfait : c'est le sentiment et le goût intérieur des vérités qu'elle médite[1].

Comment ce curé basque illuminé de Loyola avait-il pu saisir dans sa chair la présence de ce souffle avec autant de précision ? Tout, dans ses *Exercices*, n'est que silence, lumière, volupté : pas difficile de comprendre pourquoi Montaigne s'était abîmé le cerveau avec ce type. On n'a rien lu de mieux pour expliquer comment s'opère "le délogement de l'âme[2]", ce trou d'air indicible qui s'épanche quand la conscience oublie le corps pour aller se nicher quelque part dans les ténèbres. On le pressent avec l'ivresse, avec les drogues et les acides ; ceux qui courent le marathon le ressentent aussi à la pointe du cerveau lorsque la tête indique aux jambes qu'elles sont de trop. Le torero, quand il transcende les limites de son art pour atteindre la transe. C'est le "mur". La souffrance se transforme en béatitude, c'est la grâce absolue. Le *duende* comme dira Lorca en parlant de l'univers poétiquement ensorcelant du flamenco.

Que voulez-vous que je vous dise, ces *Exercices spirituels* du jésuite sont une ode au poète. Le Tout-Puissant y est partout, pas comme une relique, non, mais vivant, juste là, aux endroits ténus où le tumulte n'existe pas ; là où les tapis de feuilles d'automne tombées au sol ensevelissent les moindre pas ; là même où le soleil peut décocher ses rayons sur la peau et faire frissonner la chair. C'est la forêt. Oui, Loyola avait, sans en prononcer le mot, fait des arbres, des clairières et du ciel sa parabole de l'âme ; elle était une sorte de poussière, un lieu indicible où son mystère était pratiquement perceptible. Aucune trace de masse, de poids, de forme, juste une explication résiduelle de son existence. Comment, après ça, imaginer qu'il ne puisse y avoir d'éternité puisque

l'immensité du cosmos, comme ces milliards de corps retournés en poussière depuis la nuit des temps nous invitent à faire de l'infini un univers à ciel ouvert… à tous les vents.
Vous comprenez maintenant pourquoi je suis allé à Harar, au fin fond de l'Abyssinie, recueillir les premiers souffles de l'humanité ?
“Le plus malin est de quitter ce continent, où la folie rôde pour pourvoir d'otages ces misérables. J'entre au vrai royaume des enfants de Cham[3]”, là même où l'*homo sapiens* a surgi pour la première fois. À mon retour, sur un brancard, c'était gagné, j'étais un autre.
Le haut-parleur grésille.
Oui, j'ai compris, au lit ! OK, je m'en vais mettre la viande dans le torchon.
Arthur s'en retourne s'avachir sur son lit.

— 5 —

“Je dis qu'il faut être *voyant*, se faire *voyant*[1].” J'ai mis le temps qu'il fallait pour dérégler mes sens, être un voleur de feu ; il m'a fallu prendre une balle dans le bras à Bruxelles, tuer des chiens à Harar, envoyer paître la *mother*, souffrir le martyre dans l'Ogaden, dézinguer mes appareils photographiques, délaisser des femmes géniales… Ah “Les réparties de Nina”…

Ton goût de framboise et de fraise,
Ô chair de fleur !

Riant au vent vif qui te baise
Comme un voleur[2] ;

Il m'a même fallu faire mine de mourir à Marseille pour y voir clair. Ma seule trace ? Cette alcôve d'aliéné qui me sert de chambre sourde. Je n'entends rien ou si peu ; je ne vois rien, mais je pense. Verlaine, lui, n'a pas tenu le coup, il a préféré partir pour de bon. En tout cas, quand je l'ai revu à Paris quelques semaines après ma mort en 1891, il m'a dit qu'il n'en avait plus pour longtemps. Il a en effet plié bagages en plein hiver de l'année 1896 pour se faire enterrer à Metz pas trop loin de moi. Que nenni. Les pompes funèbres parisiennes ont refusé, ça coûtait trop cher. Ah mon Paul.

*Il pleure, avant de prendre son exemplaire d'*Une saison en enfer *pour y chercher son poème sur l'éternité.*

Comment j'ai pu écrire un truc pareil à dix-sept ans ?

Elle est retrouvée.
Quoi ? L'éternité
C'est la mer allée
Avec le soleil.

Âme sentinelle,
Murmurons l'aveu
De la nuit si nulle
Et du jour en feu.

Des humains suffrages,
Des communs élans,
Là tu te dégages
Tu voles selon[3].

Qui a pu se glisser dans ce corps-là pour venir y tutoyer à bout portant l'éternité ?
Je n'étais pas fait pour m'encalminer dans cette humanité poisseuse, venir l'empoigner, ricaner des grenouilles de bénitier en train de jacasser le dimanche matin avant la messe. Oui, j'ai bien fait de me casser, creuser les ténèbres de mon vivant. J'y vois plus clair.
Dans mon cerveau alambiqué, le silence a pris ses aises. Debout sur mes pieds agités, je tissais le sang avec le ciel, c'était gagné : le rouge et le bleu de "Voyelles[4]" dansaient dans les airs, coincés entre le paradis et l'enfer.
Il me restait juste à faire amende honorable au bon Dieu. Je prétextais posséder quelques épîtres de saint Paul en latin que seul l'évêque d'Harar était en mesure de comprendre : du coup, le docte capucin Marie-Élie Jarosseau était aux anges.
Voyant mon corps se déliter plus vite encore qu'un cadavre dans un marigot, j'avais voulu purger mon âme encrassée pour mieux la préparer à se carapater vers des cieux plus radieux. Au confessionnal, le représentant de Dieu sur terre fit ce qu'il fallait pour la blanchir. Malheureusement, je me mis à mélanger indistinctement le pardon exigé avec mes *Illuminations*, les prières avec ma *Saison en enfer* ; il m'arriva même d'expédier mon

front contre le grillage en buis de l'isoloir, histoire de laisser mon sang parler. Le dérèglement de mes sens faisait son œuvre mais, oui, mon *je* était enfin un autre. Ni Monseigneur ni Dieu ne reconnaissaient leur brebis, mais aucun des deux ne semblait vouloir me tondre ou me promettre l'enfer. Le dimanche 26 juillet 1891, après la messe, je préparai mon chemin de croix. Pour faire bonne figure, je pris la main de mon bon Samaritain, le fidèle Djami[5], mais on viendra tout de même me chercher sur un brancard de fortune pour m'aider à poursuivre ma longue route jusqu'à mon Golgotha phocéen.

Entre mes vagues à l'âme ; un curé, des carabines et du café ; des chiens, des princes et des brigands ; je venais aux côtés de l'évêque de palper toute la Lumière et le Mystère de l'éternité. Une âme de vingt et un grammes et des poussières, voilà ce que j'étais devenu.

Pas de hasard à Harar, rien que du rare.

Il restait encore, sous ses traces, les stigmates de mon existence. Entre des pierres et des ronces étouffées par les vents ; à même les morceaux d'écorce figés au pied des baobabs ; sur la carcasse même de ces chameaux arrogants bardés d'encens suintait toujours le sang chaud de ma mémoire. La poussière de mon âme, fossilisée en lieu et place d'un corps à demi pétrifié, reposait là, embarrassante.

En revanche, la peser n'avait plus aucun sens.

— 6 —

On entend à bas bruit un extrait de l'album Verlaine et Rimbaud chantés par Léo Ferré, *sorti en 1964. Ça semble provenir de la chambre d'à côté. Arthur s'empresse de coller son oreille au mur de sa chambre tandis que le son monte.*

Mais c'est Léo !

J'ai toujours dit qu'il irait loin ce Ferré… Un type capable de brailler devant des flics "Le désordre c'est l'ordre moins le pouvoir", celui-là, il n'y a plus rien pour l'arrêter. Mais regardez-moi, ai-je l'air si fou que ça ? J'ai soixante-dix ans mais je pourrais très bien en avoir quarante ou cent soixante, l'âme n'a pas d'âge. Elle vit, c'est elle que vous voyez, là. La vérité est "dans mon corps et dans mon âme". Elle a du bon la folie. J'adore les fous, les vrais, les tatoués.

Arthur hésite à aller chercher un livre dans l'armoire.

Il faudrait d'ailleurs que je relise Gogol, son *Journal d'un fou.* Je le sens bien celui-là aussi avec son âme russe, sa tête broussailleuse et sa vodka.

Il va finalement rouvrir son armoire.

Il a tout dit lui aussi, avec des larmes, de la bassesse et du sang. Il n'a pas voulu être écrivain, lui, quand sa mère mit bas, il était écrivain. Moi pas. Moi, j'ai voulu être poète comme d'autres veulent être révolutionnaires. Comme les autres, j'ai échoué. Maintenant, comme pour Kafka, comme pour Hugo, Gogol est célébré, c'est l'enfer. La folie fait rire, on ne s'en remettra pas. Mais

rire des fonctionnaires, fallait l'faire. Gogol l'a fait. Et dans un siècle, on en rira encore.
Je sens trembler les Ardennes sous mes pieds. Trop de bruit, trop de gens, trop de tout. De l'industrie lourde partout, de l'argent n'importe tout. Oui, trois fois oui : Je possède "la vérité dans une âme et un corps", voilà tout. Dans un siècle, il restera des corps défaits, beaucoup de corps refaits, mais d'âmes, point. Mes semblables seront des gallinacées à qui on aura coupé des têtes et qui continueront de courir comme des fous. Fou ? J'en suis un, mais un vrai. Un "mystique à l'état sauvage", qu'ils disent dans les journaux pour parler de moi. Ce n'est pas faux. *(Il rit comme un idiot.)* Très chrétien tout ça. Indécrottable Claudel. Diplomate, écrivain, poète, catholique, académicien garrotté dans un uniforme vert brodé d'or et cerclé d'une épée cuirassée à la ceinture, juste pour se la péter, il faut choisir, mon gars !
On entend soudain des bruits de la ville, klaxons, coups de frein, claquements de portières de voiture.
Je me souviens très bien du jour où, au loin, très loin au bout du siècle, j'ai vu l'âme sombrer dans l'industrie carnassière. Je voyais des milliers de voitures toutes noires partout dans Paris. Elles battaient pavillon Citroën je crois, mais elles se ressemblaient toutes et tout le monde en avait. Le fils du vieil André, ou son petit-fils je ne sais plus, annonça fièrement qu'un nouveau modèle sortirait de ses usines pour prendre le nom du protocubiste Picasso. À ce moment précis, j'ai compris que c'en était fini. Quand les puissants

attrapent une signature pareille pour aguicher le client, c'est que leurs carlingues sont en train de perdre leur âme. Il leur fallait alors cannibaliser la poésie, salir sa beauté, farder des tonnes de tôle pour réveiller le désir.

Ignace de Loyola était vaincu. Et moi donc !

Quelques années plus tard, alors que je n'avais pas encore en tête tous les visages des célébrités qui allaient y défiler, on venait de décider de refaire La Coupole, cette célèbre brasserie du boulevard du Montparnasse où tant d'artistes de la Belle Époque avaient leur rond de serviette ; où le Tout-Paris venait persifler, ourdir, s'exhiber ; là même où Aragon et Triolet affichaient leurs rares baisers. Où Cocteau, Hemingway et Piaf infusaient l'âme d'un Paris malicieux, généreux, cocasse et prétentieux. Les effluves d'eau de Cologne s'y mêlaient à ceux du veau marengo, tandis que la rumeur sourde des conversations, mélangées au tintamarre de la vaisselle en porcelaine, finissait par donner à la brasserie des allures de bastringue.

Et puis, au début du XXIe siècle, j'ai vu vaguement un groupe de restauration industrielle racheter la brasserie et décider de tout casser. Il paraît que l'entreprise perdait de l'argent. Fauteuils, tables, menus, peintures, lustres, jusqu'aux bidets ; tout, du sol au plafond, est chambardé. Sauf l'adresse et l'enseigne.

Il fallut seulement quelques semaines aux habitués pour s'apercevoir que l'âme de La Coupole s'était, elle aussi, carapatée.

Ceux-là, qui après leur déjeuner s'en retournaient à leurs pénates, durent se dire que la masse de cette âme-là avait dû peser plus de vingt et un grammes.

— 7 —

Arthur est installé dans son fauteuil. Il fume.

J'aurais dû parler d'abord de Hugo Ball et Tristan Tzara, mon cher. Vous savez, ces types qui, en pleine guerre de 1914, un 23 juin 1916 à Zurich je crois, se sont mis à tourner les pages d'un dictionnaire franco-allemand, et, ivres, ont découpé, au hasard, deux fois la syllabe "da". Dada est né, non pas moi, le mouvement. Et *merdre* qu'ils disaient, *merdrrreuuuu.* Y a pas mieux que les guerres pour faire rager les âmes, moi c'est 1870. Tzara, Duchamp, Picabia, Breton, c'est 1914. Et quand la revanche aura lieu, car, c'est comme aux échecs, il y a toujours une revanche, c'est le principe de la guerre, on remettra les poètes au boulot, juste pour rappeler à ce commun des mortels, qui n'a jamais si bien porté ce nom, que le monde est fou. Je vous le dis les yeux dans les yeux, cher Alfred, j'ai fait des p'tits partout. Vous savez ce qu'il disait, mon bon ? Pas vous, quoique… Bref le pataphysicien breton, pas André ! Je parle de mon Jarry qui a vécu en Bretagne, le saviez-vous seulement ? De mémoire : "C'est parce que la foule est une masse inerte et incompréhensive et passive qu'il la faut frapper de temps en temps, pour qu'on connaisse à ses grognements d'ours où elle est – et où elle en est. Elle est assez inoffensive, malgré qu'elle soit le nombre, parce qu'elle combat contre l'intelligence[1]." Je vous prie de croire, mon bon, qu'au début du XXIe siècle, quand les âmes et les corps se seront ratatinés sur des guerres invisibles, les mots seront à prendre avec des pincettes, croyez-moi ; bien loin des plumes d'oie suintant bon l'encre violette crissant sur du papier bouffant. Des claviers géométriques, blancs comme la Vierge, viendront à la rescousse de nos doigts agités pour affaler en bon ordre les mots et mieux les taire. Jarry a bien fait de crier quand il le pouvait, moi aussi. Le jour viendra où le ciel aura gagné la partie, toute la partie. Pas le ciel-tout-bleu-qui-sent-le-bon-Dieu, non, le ciel : ce Comité interministériel des éléments de langage, un machin inventé à la fin du siècle par des États pour assécher la langue, la flinguer avec un silencieux. Le ciel contrôlera tout ce qui bouge, éteindra partout les lumières, et quand elles se rallumeront, paf, tout repartira comme en 1914. On bredouillera des mots recyclés, des mots inodores mais pleins de graisse, et on nous empoisonnera avec.

Qu'est-ce qu'il nous reste à nous les poètes, hein ? Les masses ! Mais ça nous intéresse pas, nous, les masses ! Ce qui nous travaille, c'est de remuer chacune des plaies béantes, et en douceur, racler dans ses profondeurs ; c'est de tripatouiller l'âme de son vivant ; une par une ; qu'elle prenne son aise, cherche la grâce, flotte sur la bêtise des hommes.

Ce n'est pas un boulot (d')intermittent, *merdrr-reuuuu*, c'est un boulot à plein temps.
J'aurais dû m'inviter au banquet de la civilisation occidentale avec Tzara, Jarry et le petit Houellebecq. De la nitroglycérine j'vous dis.
*Arthur prend son livre et déclame un extrait d'*Une saison en enfer.

> Là-bas, ne sont-ce pas des âmes honnêtes, qui me veulent du bien… Venez… J'ai un oreiller sur la bouche, elles ne m'entendent pas, ce sont des fantômes. Puis, jamais personne ne pense à autrui. Qu'on n'approche pas. Je sens le roussi, c'est certain. […]
> Je meurs de lassitude. C'est le tombeau, je m'en vais aux vers, horreur de l'horreur ! Satan, farceur, tu veux me dissoudre, avec tes charmes. Je réclame. Je réclame ! un coup de fourche, une goutte de feu[2].

Arthur se verse un verre d'absinthe, fredonne "Les assis" sur son lit tandis que Ferré semble s'en emparer. Alors il se tait puis écoute. Quand il termine la dernière strophe, Arthur regarde sous la porte de sa chambre : un mot y est déposé. Il le prend et le lit à voix haute. C'est Léo.
"Mon taré préféré.
C'est moi, Léo.
Je savais qu'ils me feraient quelques difficultés pour te saluer, alors je t'écris ces quelques mots. Ton infirmier me dit que tu es souffrant. Nous, les poètes, on s'en fout, c'est normal, c'est notre état,

mais je sais que tu es là, c'est le principal. C'est vrai je ne suis pas aussi voyant que toi mais je devine tout de même ton âme en train de sacrément gigoter. Je te vois effleurer du bout du doigt la faux de ton cerveau en train de se frayer un chemin. C'est à se tordre de rire tellement ça me prend aux tripes. *(Arthur se met à rire d'un coup comme un idiot, puis se ressaisit très vite avant de reprendre sa lecture.)* Oh, mon Arthur, que tes mots m'auront fait jouir ! À en pleurer mon sang. Putain de vie ! Maintenant, je suis vieux, j'ai de nouveau peur des curés. Ah ces frères des écoles, avec leurs doigts crochus, ils viennent encore gratter le crâne de l'anarchiste à la crinière blanche que je suis devenu.
Tu sais que Mitterrand est au pouvoir depuis dix ans ? Quand je pense que je l'ai croisé sur les bancs de Science po, en 1937 je crois. J'ai préféré les mots qui chantent avec un piano pour transformer le monde, mais au fond c'est toi qui as raison Rimbaud, la poésie n'a rien changé de nos démons, sauf nous. C'est toi le meilleur, mon voyant, alors je te l'écris une fois pour toutes car nous sommes en 1993 et que je vais bientôt partir. Je te retrouverai. Je n'y peux rien, je crois aux forces de l'esprit."
Arthur s'énerve. Il semble entendre des voix, mais non. Il laisse tomber la lettre de Ferré par terre. Puis lui répond comme s'il était là.
Léo, ne m'en veux pas, je suis extralucide. Je vois tout, c'est démoniaque, abracadabrantesque. Ah la gauche, qu'est-ce qu'elle a fait la gauche ? Dis-moi, toi qui étais au plus près… ils allaient "changer la vie" qu'ils disaient, non ? Comme nous, les

poètes, pardi ! Tu sais, en 1871, c'était pareil avec la Commune. J'avais dix-sept ans, tu te rends compte ? On n'est pas sérieux à c't âge-là. On y croit comme de vrai. On voit le ciel brûler, les gens s'embrasser, les corps s'enflammer, comme des torches. L'amour est là, qui nous emporte, sans prévenir, sans rien dire et pouf, voilà que la mort revient. Elle éteint de nouveau toutes les lumières, une par une. Et puis j'ai vu les ténèbres faire leur nid dans le béton, à portée de main, jusqu'à plus soif. Les sans-dents, les loquedus, les gueux, les pauvres gens : ils s'étalaient au ralenti de tout leur long, comme une misère increvable. Et voilà que des crâneurs altiers de la modernité, installés aux avant-postes d'un monde décomposé, se sont pris les pieds dans leurs lacets, comme si de rien n'était. Trop bien fringués pour renifler le vrai. Je m'en doutais. Et ça repart. On n'en sort pas Léo, tu as préféré filer, moi non. Heureusement que nos illuminations ahurissantes ventilent encore nos âmes et celles de nos fans, hein ? C'est génial, non ? Sinon y a de quoi se flinguer, *merdrrreuuuu*. Tu sais, avant que mon infirmier préféré rapplique avec sa camisole, j'ai envie de te chanter *Le Temps des cerises*, là, maintenant. Allez, soyons fous.

Il rit d'un coup sec comme un idiot. Puis Arthur va très vite refermer les portes de l'armoire, boire un verre d'absinthe.

Tiens-toi bien Léo, pendant la Commune, pour décoincer sa belle tronche de sergent-major, je forçais Izambard – tu sais, mon prof –, je le forçais gentiment à babiller "la chanson de Clément

le communard", c'est comme ça qu'on l'appelait au lycée. Putain, ça sonnait faux. Je veux aussi te dire, mon Ferré : la Beauté s'est de nouveau recroquevillée sur mes genoux, que ton piano n'est pas loin, que la mort, on s'en fout.
Arthur monte la voix.
Je suis l'éternité à moi tout seul Léo. Depuis que j'ai laissé mon bateau ivre se fracasser comme un grand. Sans personne pour l'arraisonner, sans un Dieu pour me raisonner. Tant mieux bordel, qu'il vogue au-dessus des tempêtes, des précipices, sur tous les abysses, mon bateau ; qu'il s'emballe et caracole partout en tête de gondole. Léo, Michaux, Hugo, Renaud, laissez-moi vos mots d'hier, d'aujourd'hui et de demain, là, dans le creux de la main de mes "Chercheuses de poux". Moi, Arthur Rimbaud, le roi Ubu du royaume des fous, je saurai toujours quoi en faire.
Il entonne Le Temps des cerises.

Quand nous en serons au temps des cerises
Et gai rossignol et merle moqueur
Seront tous en fête
Les belles auront la folie en tête
Et les amoureux du soleil au cœur
Quand nous chanterons le temps des cerises
Sifflera bien mieux le merle moqueur
Mais il est bien court le temps des cerises
Où l'on s'en va deux cueillir en rêvant
Des pendants d'oreilles
Cerises d'amour aux robes pareilles
Tombant sous la feuille en gouttes de sang

Mais il est bien court le temps des cerises
Pendants de corail qu'on cueille en rêvant
Quand vous en serez au temps des cerises
Si vous avez peur des chagrins d'amour
Évitez les belles
Moi qui ne crains pas les peines cruelles
Je ne vivrai pas sans souffrir un jour
Quand…

NOTES

1 :

1. Arthur Rimbaud, *Une saison en enfer*, dans *Œuvres complètes*, Gallimard, "La Pléiade", 2009, p. 245.
2. André Breton, *Manifeste du surréalisme*, dans *Œuvres complètes*, tome I, Gallimard, "La Pléiade", 1988.
3. Date de publication du *Premier manifeste du surréalisme* dans *Le Figaro*.
4. Arthur Rimbaud, "Le Bateau ivre", dans *Œuvres complètes*, *op. cit.*, p. 164, v. 85-88.

2 :

1. *Ibid.*, v. 69-72.

3 :

1. Arthur Rimbaud, "Sonnet du trou du cul", *Album zutique*, dans *Œuvres complètes*, *op. cit.*, p. 171.
2. Cité par Haydée Charbagi, "Poétique du passage *:* Henri Michaux et la musique", *Fabula / Les colloques*, Arts poétiques et arts d'aimer (6 mai 2008).
3. Henri Michaux, "Glu et gli", dans *L'Espace du dedans. Pages choisies*, Gallimard, "Poésie/Gallimard", 1998.

4. Arthur Rimbaud, “Mauvais sang”, *Une saison en enfer*, dans *Œuvres complètes, op. cit.*, p. 251.
5. Charles Baudelaire, “L'Invitation au Voyage”, dans *Les Fleurs du Mal*, Gallimard, “Poésie”, 1972, p. 84.
6. Arthur Rimbaud, “Oraison du soir”, dans *Œuvres complètes, op. cit.*, p. 161, v. 9-14.

4 :

1. Ignace de Loyola, *Exercices spirituels*, trad. de l'espagnol par Pierre Jennesseaux, 1913.
2. Montaigne, *Essais*, chapitre xxv, “De l'exercitation”, Gallimard, “Folio”, 2009.
3. Arthur Rimbaud, “Mauvais sang”, *Une saison en enfer*, dans *Œuvres complètes, op. cit.*, p.251.

5 :

1. Arthur Rimbaud, “Lettre à Paul Demeny, 15 mai 1871”, *Lettres (1870-1875)*, dans *Œuvres complètes, op. cit.*, p. 343.
2. Arthur Rimbaud, “Les réparties de Nina”, dans *Œuvres complètes, op. cit.*, p. 72, v. 25-28.
3. Arthur Rimbaud, “Éternité”, dans *Œuvres complètes, op. cit.*, p. 214, v. 1-12.
4. Arthur Rimbaud, “Voyelles”, dans *Œuvres complètes, op. cit.*, p. 167-169.
5. Djami Wadaï était le domestique de Rimbaud.

7 :

1. Alfred Jarry, “Questions de théâtre”, *La Revue blanche*, 1er janvier 1897.
2. Arthur Rimbaud, “Nuit de l'enfer”, *Une saison en enfer*, dans *Œuvres complètes, op. cit.*, p. 256-257.

REMERCIEMENTS

À Charles Berling, Sophie Brocas, François Vignaux, Anna Novion, Katell Djian et Stéphanie Bataille.

Jean-Michel Djian est journaliste, écrivain et documentariste, fondateur de France Culture Papiers. *Il est notamment le réalisateur de* Rimbaud, le roman de Harar, *produit en 2015 par les Films d'ici pour France Télévisions ; d'une* Grande traversée *sur France Culture (avec Charlotte Roux) consacrée à Arthur Rimbaud avec la participation de Philippe Sollers, Edgar Morin, Alain Borer, Alain Sancerni, Kenneth White, Claude Jeancolas, Charles Dantzig, Kifflé Sélassié, Abdourahman Waberi, Hubert-Félix Thiéfaine, Alain Tourneux, José-Marie Bel. Il est également l'auteur du pamphlet* Les Rimbaldolâtres *publié, également en 2015, chez Grasset.*
www.jeanmicheldjian.com

OUVRAGE RÉALISÉ
PAR L'ATELIER GRAPHIQUE ACTES SUD
REPRODUIT ET ACHEVÉ D'IMPRIMER
EN NOVEMBRE 2020
PAR L'IMPRIMERIE CORLET
À CONDÉ-EN-NORMANDIE
POUR LE COMPTE DES ÉDITIONS
ACTES SUD
LE MÉJAN
PLACE NINA-BERBEROVA
13200 ARLES

DÉPÔT LÉGAL
1re ÉDITION : JANVIER 2021
N° impr. : 20100419
(Imprimé en France)